KB269068

얼음 속에 갇힌 초상화

얼음 속에 갇힌 초상화

이승순 시집

민음사

차례

제1부 **얼음 속에 갇힌 초상화**

제2부 **타버린 집터**

제3부 **또 다른 병실 풍경**

제1부
얼음 속에 갇힌 초상화

창을 닦는다

창을 닦는다
오래오래 버려둔 붙박이창을 닦는다

흙먼지 부푸는 자리에 앉으니
비바람 들이치는 안팎도 흔들리며 보인다

된바람 서릿발 출렁대는 현해탄에
사닥다리 놓고
大雁塔에 올라서는
삼장법사 따라
비행기로 오가며
E-mail도 띄우고

내 나라 남의 나라
철새처럼 넘나들며
역사의 창에 낀
서러움의 얼룩은 신문지로 문지른다

밀 창도 없는 곳에서
얼룩진 마음의 그늘도 훔쳐낸다

거센 입김이
위에서도 밑에서도
한국에서도 일본에서도
불어 닥쳐
바라지창이 흐려진다

더럼이 찌든 곳에는
스프레이를 뿌려
붙박이창에 눌어붙은 파리똥을 닦으며
내 눈에 썬 들보가 보인다

진시황제가 거느린 병마용이 쏟아져 나온다

어버이의 손때 낀
창호지 문창살은
고이고이
엷은 천으로 닦아내고
빗발치듯 흐르는 황하의 세찬 물줄기에
덕지덕지 때 묻은 손도 해말끔히 씻어본다

이제야 겨우
비 먼지 손자국도 지워지고
말갛게 떠오른 유리창에
작은 티마저 확연히 드러난다

봄철 기다려 숙연한 정원의
구석에 숨어 핀 동백꽃이
닦인 유리창을 통해 활짝 웃는다

풍선 속에 갇힌 초상화

나는 언제나 작아진다
핵무기도 없이
불타 흩어진 빈터에서 작아진다

외발로 걷는 전쟁고아를 보면서
인육을 씹는 북한 동포를 생각하며
작아진다
바늘에 찔린 고무풍선처럼 졸아든다

바람을 집어넣으면
잠깐 부풀려 소양배양하며
허공에 들뜨지만
소란스런 전쟁 뉴스에
금방 다시 작아진다

죄인 다루듯 다그치는
목소리에 작아지고
목침 찜 맞아 돌려대는
쑥덕대는 소리에도
가슴 앓는다

바람 빠진 고무풍선 되어
공포 긴 손아귀에 쥐어 짜여
작게 웅크러든다
커피 빛 죽음의 강물 위에서
솟구쳐 올라와

공중에서 배회할 기력도 없이
작게 작게 줄어들어
진흙탕 깊숙이 더 깊숙이
바다 건넌 외지인데
물안개 자욱한
무기력의 굴을 뚫어
너덜너덜한 어두움에 잠긴다

밑도 끝도 없는 습지의
질척한 어두움 속에 가라앉아
눈을 감는다
눈을 감아서 어둠인지
어두움이 어둠을 낳은 것인지
알려 하지 않는다

다만 눈을 감고
어둠을 응시할 뿐

땅거미 지는 대지에
도망꾼처럼 엎드려

주름살투성이
어머니의 슬픈 눈을 떠올린다

벽 속에 갇힌 오소리

어떻게 찾아들어 왔을까

콘크리트 벽 속에 갇혀버린
오소리가
웅크리고 있다

베이지와 갈색 뒤섞인
날선 털로 몸을 감싸고

외딴 별장
침실 창 앞에
사면이 콘크리트로 둘러싸인
사뭇 높은 벽을 넘어보려

밤새 수선대던 오소리는
날이 새자
정면을 향해 바짝
둥근 귀를 세우고
체념의 눈을 감은 채
그저 웅크리고 있다

딛고 넘어설 플라스틱 의자를
살며시 들여 밀어 주어도

뾰족하게 둥글린 작은 코로
잠시 냄새만 맡아보고
다시 웅크린다

플라스틱은 싫어
밝음도 싫어

콧잔등에
T자형 하얀 털로
섬세한 선을 그린
암갈색 짙은 눈이
빤히 날 쳐다본다

그러나
다시 밤이 되면
벽을 깨어 보자고
짧은 다리로 허적거릴 게다

숲 속 땅굴이 그리워
굵은 발톱은
생명을 걸고
날 다시 잠 못 이루게 할
투명한 눈빛으로

손금을 보듯

어쩌다
내 손금 들여다보니
귀살쩍은 세상 속이
봇물로 빠진다

논둑길 움찔움찔
아무도 걷지 않는 운명선에

오를 듯 말 듯 성공선은
장지 위로 반숭 건숭

산전풍파 잔금 위에
논틀밭틀 돌너덜길

내 손금 나도 몰라
내 뜻대로 어쩔 수 없고

알쏭달쏭 끼워 붙어
야바위꾼 소란 떠는
나다분한 세상 물정

도 튼 점쟁이 손금 보듯
훤히 내다보인들
또 어쩔 수 없어

오늘도 겁에 질려
슬금슬금
험한 파도 너울대는 문밖 세상
손금 보듯 엿본다

엘리베이터에서

엘리베이터 앞에 서서
나는 올라가야 하는지
내려가야 하는지를 알 수 없다

나는 또
오르고 있는지
내리고 있는지도
알 수 없다

엘리베이터 버튼을
누르지 않으면

정지된 채로
아무런 움직임이 없다

숨 막히는 공간 속에
우두커니 갇힌 채

나는 버튼 누르기를
잊고 서 있다

부싯돌 별곡

저 먼 곳에서
별똥별 노랫가락 흘러와요

수억 광년을 건너뛴
우주의 신화 속에
놀의 祈願이 꽃으로 필 때

무중력의 포로 되어
방황하는
고통의 씨앗으로

피 돌아오는 감개 담아
몸 부딪쳐 피 흐르는
주위를 싸도는 슬픔의 공기도
생명의 불티로
다시 태어나요

어느 생의 뒤안길에서
우연히 스쳐감에도
아쉬움은 향기로 남아요

힘겨워 부대끼는
그들의 신음성
내 아픔으로 밀려오고

겨울을 이겨내
봄에 피는 忍冬草로 닮아

남몰래
탈출극의 꿈을 키우며
빗장 걸린 문
두드리는 머줍은 음향

허허히 물 끼얹는 조롱소리마저
호젓한 산허리에 깔려

별 흐르는 해맑은 노래
실 계곡 물 울림과 율선 겨루고
하늘이 열린 길에서
또다시
다지고 깎아 닦으며

뼈만 앙상한 내 영혼도
몸 비벼 씻겨 나온
부싯돌 불씨로
아주 서서히
시나브로 살쪄가지요

진혼곡

—용아 시인 영전에

찔레꽃 향기 하이얀
무등산 줄기 타고
탯줄로 주저앉은
정겨운 풍경 찾아

얼과 얼이 엉켜든 옛이야기
서서히
황룡강 타고 흘러
아버지 큰 사랑이 쌓인
인연의 세월이
여기 길게 잠들어 있네

             *

머언 그리움 심어
용아 생가 뒤뜰에서

시인과 함께 솟아오른
아름드리 팽나무

주름진 어머니의 작은 얼굴
두 손으로 어루만지는
대나무 잎 속살거림에

왈칵 터지는 울음보 참아
귀 기울이네

진혼곡
—강정중 시인 영전에

매미 소리 광란하는
땡볕 삼복 미친 더위에
하늘 검게 소나기 울어대요

한줌의 黎明[1]을
술잔에 기울이며
해맑은 웃음소리 던지던
이께부끄로〔池袋〕의
마지막 밤이
빛바랜 전자음향으로
아리아리 밀려와요

산 넘고 물 건너
高麗村에 홀몸으로
잉태한 自在[2]의 노래들이
영겁을 부르나요

한글로, 일어로
혹은 굴절된 시어로
'응시'한 '無前'의 터 속에

풍화되어

이웃나라에서 삶의 길로 익힌
바느질손 잠시 놓고
외로운 마음 챙겨
지리산 끝자락 명당 터
귀향길 풀씨로 찾아

경주 남산의 이름 없는 석불처럼
멀고 아득한 새 길에
하늘 땅 날아가는 멧새 되어
별자리[3]로 드시나요

1) 한줌의 黎明: 강정중(姜晶中) 시인의 시제.
2) 自在: 강정중 시인의 시제.
3) 별자리: 강정중 시인의 시집 제목.

노송나무의 모놀로그

나는 찍히고 싶어
찍어줘
도끼로 찍어주어

적갈색 수피는 버성버성 벗어져 나가고
짙푸르던 줄기에도 이미 밀생은 없고

이젠 작은 꽃도
녹색 구과도
피지도 익지도 않는
연륜의 검버섯이 돋고
몸통만 굵어진 채
휘늘어진 가지에 눌려
눈보라 태풍에 견딜 만큼 강인하지도 못해

그러나 뿌리는 깊게 땅에 내려
저절로 쓰러지기는 다 틀렸지

비탈진 자리 바람도 사나워
서 있는 것마저 힘겹고

도끼로 찍히고 싶어
찍혀서 넘어지고 싶어
포근한 땅에 길게 눕고 싶어
하늘을 향해 눕고 싶어

찍히고 싶어
한두 번 찍혀서는 넘어지지도 않고
금도끼 은도끼 다 가져와도
찍혀지지 않아

서릿발 내린 폐허에 서서
빈 하늘 우러르며
인공위성 날아가는
우주를 본다

스케치북에서 찢어온 자화상

결코 난 단 한번도 전학해 본 적이 없다

붙잡혀 온 전어 모양
교실 단상에 올려져
파닥거리는

轉學生 친구를 가져본 적도
내 주위의 아무도
轉學生이 된 일이 없다

일본 시인 누군가가 날
轉學生이라고 불러주어
어느 날 불현듯
轉學生이 되었다

부끄럼 타다 떨며
어색한 몇 마디
걸러낸 허밍으로
몰래몰래 중얼대는
轉學生이 되었다

또다시 갖은 풍파에 밀려
태평양 얼어붙은
먼 이역의
轉學生이 될지 말지

아직은 아무도 모르는

지구가 운다

지구가 운다
울음소리 들린다

얼마나 엄청난 슬픔이어서
타오르는 유전의 불길
말라버린 눈물은
유프라테스 강 깊이 사라졌다

'충격과 공포' 라는
플래카드를 높이 쳐들고
바그다드에 처박히는
족집게 공폭의 불기둥

숨차 지친 가슴에
벗겨진 뱀허물처럼
흐물흐물 쓰러져간다

세상은 게임을 보듯
그날의 전략을 읽는다

시커먼 파괴에 무딘
구경꾼들은
이곳저곳에서 전리품을 노리고
부흥의 탁상 논쟁은 왁자지껄
끝장도 보지 못한 전쟁의
뒷거래노 한창이다

기개 당당한 위정자들이
부르짖는 승리의 정당성
광기 어린 목청에 끌려

개죽음을 당한 혼령들이
치근치근 내 숨결에 붙어
깊은 생채기로 아파 뒤트는
지구의 울음소리를 전한다

두문불출

하루 종일 층계를 오르내린다

위아래가 꽉 막힌
층계에는 무료의 팻말이
걸레 조각으로
너덜거리고

저리도록 적요한 공백을
지우려
산비탈 오르듯 어기적댄다

입맛에 맞춰 보고
북도 치고 장구도 치고
흑백 가려 쳐 부수는
싸리문 밖은 우렁잇속

청산녹수에 몸 씻고
마음의 고요 찾아

숨 가쁘게 줄서 가는

수많은 줄거리 뒤얽힌
고담 소설 털어내고
기를 써서 은수의 상념들
정리해 본다

相似作図

1

돌을 쌓아 짓다 만
외딴 절간에
수국을 닮아
이름조차 멀어지는
하얀 불두화
길손 잦아 왁자하다

2

절간 같은 응접실
창틀 너머로
적막에 몸 저리는
가짓빛 수국
불두화 닮아
빛깔 바래 뒤얽히며
손바닥만 한 정원에 그득 찬다

엉덩이에 난 뿔

한참이나
잘 살자고 뻗치다가
발돋움해 보면
다릿마디 떨리는
뻗정다리가 흔드적하다가
자칫하면
가년스레 쓰러지는
길독 나듯 곤죽 된
망상

치자꽃 핀 뜰에서
별을 따려 한 것은
아름다운 전설이 된다

찢어진 전단

광고지를 펼친다
펼쳐진 전단 속에
얼굴이 놓여 있다
각수장이들이 빚어낸 얼굴이다

　　　—저녁 함께 나누어 먹을 사람 모집 중—

　　찌개도 끓여 놓을게요
　　나물도 무쳐 놓고
　　풋고추도 따 두지요
　　불고기도 양념해 두고
　　생선도 구워 놓겠어요

그냥 오시기만 해요
오시다 되돌아서도 무방하지요
메시지만 남겨 두셔도 상관없어요

전단이 바닥에 떨어진다
쨍 하는 소리와 함께
각수품은 산산조각으로 부서진다

이젠 얼굴이 없다
아무도 더 이상
빚어 내지 않으니까

꿈속에서 이랑지고

새로 트인 비행장 활주로 끝에
낮은 산등성

침전된 그리움이
새 물줄기로 터져
파란 물결 흔들리고

산을 타고 오르려다
거센 물결 산허리에 닿아
가슴 조여 출렁이고

아득히
다가갈 수 없는
산정 너머에서
지켜주는
포근한 눈길 좇아

눈비 바람 탄
가파른 산비탈
길 잡아

박달나무 나이테
빽빽이 끼인
산자락 붙들고

뭉클 울려 길게 잦아드는
맷맷한 산울림에

어느새 목 놓아
꿈속에서 이랑지고

연문 5

잔잔한 호수에
돌을 던지네요

자맥질해야 할 곳에서 난
파문을 끄고 있어요

첫사랑

맨 앞자리의 눈부신 햇살이
창 앞에서 버티고

파란 하늘이
바다로 펼쳐지는 해안선에서
달리는 버스 속

사랑의 뮤즈

아이는
가장 난폭한
사랑의 뮤즈

돌도 지나지 않는 나이가
짝사랑에 시달리는
엄마를 이미 낚아 차고
무턱대고
앙증스런 횡포를 부린다

가족

사방으로 흩어지는
사랑의 틀
허상으로 엮어서

윗바람 비집고
스며올까 맘 조이며

억지로 틀어 얽은
한 아름 둥우리

허상으로 엮어도
무겁게 무겁게 짓뭉개 오는
엄연한 실체가 된다

어머니

발톱을 자른다

힘겨운
세월의 누룽지로 굳어진
어머니의 발톱을 자르며
훔척댄다

날 낳아 주고
뱃속에서 포근하게 열 달이나
날 품어 주고
기저귀 갈아
진자리도 갈아
어머니가 어머니가
몸이 부서져라
근심 걱정 애태워
눈물겹게 지켜준 그처럼
간단명료한 진리를 까마득히
왜 모두 잊었을까

혼자 태어나 혼자 자란 양 보내온

세월을 돌아보며
발톱을 만진다

내 손도 윗아귀가 넓다

망가진 대퇴골이 아파서
수잠 든 어머니가
내 손을 꽉 쥐고 있다

가는 숨소리에
더블베드가 떨린다

곁잠 자는 내 손은
윗아귀가 넓은 어머니의
어찌나 억센 수중에서
달싹 못하고

마음의 검버섯은
손등에 번져
얼룩진 인고의 세월이 된다
이윽고 그것은
짙푸른 핏줄을 통해
흐른다

애틋한 어머니는 절대의 의미인가

오직 자식을 향한 그의
집념은 손아귀 틀어쥐어
잠 속에서도 힘을 풀지 못한다

잠이 들어도
잠들지 못하는
따뜻한 체온이
자궁 밖으로 쏟아져 흐른 양수 속에서
불현듯 끓어오른 눈물 되어
산욕열만큼 그렇게 뜨겁게
내 손바닥으로 흘러든다

유언장

맞들어도 무거운 봇짐
남기고 떠난 이에게
섭섭한 마음 품어 봐도

재단사의 펜치로
수없는 인연의 사슬을
그렇게 간단히 자로 재서
자를 수는 없고

쓰레기통 비워 내듯
홀가분해질 수도 없는
세상살이는
정리된 쇼윈도처럼
그처럼 산뜻할 수도 없어

혼자서 짊어지려
꾸려진 짐인들
이 세상 떠나는 날에는
분명 내려놓고
갈 수밖에 없다고

언제인가 나 눈감고
세상을 하직할 때
아이들에게
남겨두고 싶은
구차스런
말 한마디

얼음 속에 갇힌 초상화

찬바람에 쓸려 흐르는
별똥별을 끌어안는다
냉랭한 가슴으로 끌어안는다

허공에서 떠도는
참새 떼는
벌벌 기는 작은 벌레들의
넋마저도 쪼아대고
전어 떼는 무리 지어
창해에서 방황한다

바싹 다가가
마른 풀을 씹는
북한 동포도 끌어안는다

영상에서 떠올라
허기진 아이의 눈에 어린
한의 불길을
오랜 세월 거부한
그들을 끌어안는다

그라운드 제로로 이름 붙여
얼어버린 광장을
끌어안는다

얼음 속에 갇혀
냉랭한 가슴이
뜨겁게 뜨겁게 끓어오르게
눈물을 참아내 흩날리는
한겨울 물보라 속에서 폭발하는
나이아가라 폭포처럼
힘껏 끌어안는다
힘도 없이 끌어안는다

나는 끌어안는다

나를 기억해 주는 청중을 붙들고
보이지 않는 독자를 끌어안는다
먼 곳을 응시하는 내 눈은
화살처럼 그곳을 향해 달려가고

나는 끌어안는다

감은 눈꺼풀이 양털처럼 부드러운
내 아이들을 끌어안는다

마치 어린시절
어두움 속에서 그려본
짝사랑의 초상화를 가슴에
끌어안듯이

이산가족

너의 몸속에 흐르는 네 빛깔을
내 아무리 헤아려도 알 수 없듯
너는 내 안에 감추어진
색깔을 분간 못한다

우리 사이에 가로놓인 깊은 수렁
색맹 같은 그런 풍경

서로의 갈 길이
천만갈래로 어긋나며
색색이 놓인다

제2부
타버린 집터

타버린 집터 4

세계무역센터 110층 빌딩이
한줌 모래성으로 내려앉는다

허리 잘린 마천루
잠시 굴뚝으로 버티다가
검은 연기
허상의 구름 되어 불꽃과 뭉개지며
도미노로 무너지는
밑도 끝도 없는
소시장(燒屍場)의 긴 굴 속에
무력감으로 주저앉는다

보복의 화염(火焰)이 날름대는
나락 속에
대기권 높이로 치솟고
운층(雲層)을 달리하는
진회색 폭포
쏟아져 내리는 인체와 물체와
아수라(阿修羅)의 벼랑에
나도 함께 엉키며

증오와 분노로 울부짖는
무간지옥
윤회(輪廻)의 끝도 없는 굴레를
본다

타버린 집터 5

'날 흉기로 썼지?'

점보 비행기가
바퀴 굴려 굉음으로 떠올라
두 줄로 열선 사각형
두 개의 플랩을 파닥이는
긴 날갯죽지를 펴며
갈고리눈으로
배릿배릿 웃는다

하늘의 길에서
조름과 수평으로 울리는
성조기 노래 좇아
흔들리는 누리

전원 꺼진 텔레비전 화면에
허리 잘린 마천루
측면에서 정면에서 바로 밑에서
먼 곳에서도 시각은 맞았다

세상 덮는
불꽃 낀 검은 연기
창세기가 한순간에 사라진다

궁굴려진 비행기 작은 창문에
어둠이 채워지고

'날 흉기로 또 쓸 거야?'

뱃속에 자리한 피 비린 목소리가
바람과 씨름한 날개 접어 넣고
땅에 내린 뒤
음흉한 거적눈으로
또 치근치근 웃는다

타버린 집터 6

검붉은 흙먼지 부푸는
아프간 산악 지대에
숭고한 독수리 떼들이
회읍스름하게 그림자 이끌고
잔인한 섬광만 내뿜는다

풀도 물도 땅도 말라
음악이 사라진 곳에
사람도 풍경도 낙엽처럼 흩날리며
온 세상이
죽음처럼 흘러간다

전화에 무너지는
대지의 울음소리
떼죽음 혼들의
원한의 비명소리
터질 듯 귀청에 가는 손으로 틀어막고
콘크리트 두 벽 좁은 공간 속에 꼭 낀
두개골이 난무한다

지뢰 밟아 절룩이는
관절 끊긴 다리 끌고
찾아갈 고향 잃은
집요한 눈길이 주는
허허로운 파문을
끄고

역사는 이제 물구나무 선 풍경이어서
코앞에 닥친 우리 미래를 바라보는
가슴앓이로 서 있다

타버린 집터 7

내게 묻지 마세요
동굴 속 깊숙이 패잔병으로 숨어
포성과 원성에도 졸음 오는
내 말을 듣지 마세요
로켓 발에 걸고
나그네길 혜성으로 날아
우주의 신비에만 가슴 두근대는
내 마음을 믿지 마세요

하지만 별을 봐요
오리온 좌 대성운 요람 속에
흔들리는
행운의 별자리를 봐요

폭발된 별들은
산산이 흩어져요

여기 지구를 봐요
티끌과 가스로 뭉친
태양계 은하 속 지구를 봐요

이제껏 목성이 지켜 46억 년 빛나는
환상의 유성을 봐요
지구에 태어난
오묘한 인연을 봐요

살아 있다는
생명의 고동 소리 들어
굴속에 뭐가 있냐고
내게 묻지 마세요

타버린 집터 8

—네온의 세레나데

어느 날
내가 사는 도시 한복판
휘황한 네온이
문득
이국의 낯선 물결로
홍수 저 거리가 술렁대면

노래를 불러 봐요
네온으로 불러 봐요

높은음자리가
낮은음자리로
채색된 음표를 얘기해 봐요

누군가 기다리는
보금자리 속으로
모두 떠나간 한밤에

빨강 노랑 파랑 분홍 초록
코와 눈썹 가까이서

네온으로 반짝반짝

노래를 불러요
네온으로 떠오르는
빛깔도 불러요

오늘도 눈물샘 빠진
머릿속이 텅텅 비어
온몸에서 적막이 들끓으면

8분 음부 3연 음부 혹은 쉼표
입술 위로 올라가 반짝반짝

노래를 불러 봐요
네온으로 불러 봐요

타버린 집터 9
—가뭄

한강이 마른다
서러움을 거두어 간 뒤
눈물 되어 마른다

말린 눈물로는
서러움도 뒤치져
따뜻이 흐를 눈물
간직해 주려

비 기다리는
간절한 기원은
하늘에 담을까

빼앗긴 금메달이
허탈해진
원한의 눈물 담아 아우성도 해 보고

악의 축에 몰려 나간
동포 위해
한숨 섞인 성원의 눈물을

흘려도 보고

울지도 않는 신파 냄새 시큼해
서러움은 반찬도 안 되고

한강이 마른다
비워진 마음처럼 마른다

눈물 사라진
마음처럼 마른다

한강이 마른다
서러움을 거두어 간 뒤
백두산 봉우리에 걸렸다가
사라지는 안개 되어 마른다

타버린 집터 10
—연못에 걸린 두 개의 실루엣

멀거니 연못가
잎 가신 앙상한 감나무 가지에
온몸을 부끄럼으로 물들인
붉은 홍시 대롱대롱

왼쪽 눈알만
툭 불거져 나와 있다
혹은 오른쪽 눈인지 모른다
한 눈은 편편히 얼굴 살이 덮여
코는 흔적도 없고
두 팔이 없으니 입으로 물어
밥그릇 나르는
아니면 하반신도 없어
두 팔은 다리를 대신해
전신 받쳐 걷는
연못에 걸린 그림자 하나

두 눈 활짝 뜨고 바르작거리며
코도 귀도 다 붙어 허덕이고
두 팔과 두 다리

전신 비비 꼬아 움직여
향락 찾아 헤매다
찢어져라 커다랗게 입 벌린
또 하나 그림자가

수치심으로 고개 떨구는
홍시를 노린다

타버린 집터 11

마중 온 사람이 없다고
꽃샘추위가
날 반긴다

산마루는 팔 벌려
네 귀향을 끼고 휘돌고
새로 만든 고속도로
가로등이 반긴다
한강도 반긴다

말 걸어 오는 사람이 없다고
빼앗긴 금메달 덕택에 뭉쳐 보는
리무진 버스 속에서는 조금 색다른
한국말 뉴스가 반긴다

타버린 집터 12

—不在

숨겨진 I모드*의 비밀번호는
정적 속에 닫혀 있다

내 영역 밖에서
핸드폰의 착신 신호만
자꾸 떠오르고
벨소리는 들리지 않는다

아이들이 떠난 빈집에서
나는 유년의 시내에 띄운
종이배가 된다

*일본의 휴대 전화 인터넷 서비스를 말한다.

타버린 집터 13

한밤에 벌인
잔치가
끝나는 시간에

담배꽁초가 한두 개
또 먹다 남은 음식 찌꺼기와
늘어놓은 술병
혹은 유리컵

허둥지둥
떠나간 잔치 손님들이
남겨둔 동굴 속에
길게 누운 패잔병

축 처져 꺾인 채
구겨진 다리에
닳아빠진 구두 한 짝 달랑대고

그믐밤 하늘에는
조각달도 사라진다

타버린 집터 14

── 울타리

무인도 모래톱 위에
쓰러져 가는 싸리나무 울타리

배달의 동해 바다
일본해로 표기되었다고
갈비뼈 같은 몸
등 돌리고

버틴다
버티고 있다

남원 한 고을이 깨어져도
눈 곧추세우고
움쩍하지 않는
춘향이 마음으로

타버린 집터 15
── 유령들의 팬터마임

유령이 있다고는 믿지 않지만
팬터마임 넋 굿하는
휘장도깨비들에게 둘러싸여
짓눌려 숨이 막힐 때가 있다

가령 옆집 박씨라든시
내 친구 아버지랑
또 지금 말기 암으로 신음하고 있는
그 이웃에 사는 할머니
모야수야 저세상으로 떠나고 난 다음
심지어 나마저도 이미 세상에 없고
백중맞이 살 푸념에
귀신들만 너울너울 하늘에 떠다닐 때

낮도깨비가 먼지만큼 작다면 또 모를까
만일 애드벌룬 크기라면
난리 난리 큰 난리

행여나 나도 아직 죽지는 않은 채
어슬렁어슬렁

검은 안개 짙게 낀 길거리에 나서면
물귀신 불귀신
그 커다란 애드벌룬들이
사람 모습을 꼭 빼어 닮은
인도깨비로 공중에 나타난다

정적의 칸타타 흐르는
침묵의 발레 묘기로
끼리끼리 짝지어
내 머리를 팡팡 치고
목을 조르는 유령들은
군무를 추며
소리도 없이 히히거리고

유령이 있다고는 절대로
단 한번도 믿지 않지만
살아 있는
보이지도 않는 휘장도깨비들에게
둘러싸인다

타버린 집터 16
—2002년 월드컵 8강 진출의 날

불 타 오 른 다
타버린 집터 위에
다시 타오르는 불꽃놀이

폴란드가 울고
미국이 울다 말고
청나라 서 태후도 운다

울음소리는 들은 체 만 체
하늘이 푸르고
땅도 그대로

타버린 집터 17
—한국팀 2002년 월드컵 4강 진출의 날

드디어
지구의 장대한 시나리오가
막을 올린다

제멋에 겨운 여신처럼
무언가를 변신시키려
지구를 뒤덮은 붉은
용암의 물결은
마녀의 검은 피부를 달고
붉은 혀를 내밀며
어느 방향으로인가
흘러 넘쳐 내린다

타버린 집터 18

시속 770KM의 속도감이
상공 1만M로 올려놓고
비행기는
안에 있으면
그저 가만히 하늘에 떠 있는 듯

끄집어 결판도 내지 못할
엔진 돌아가는 소리만
꽉 막힌 공간에서 왕왕댄다

끝장을 알 수 없는 우주 깊숙이
지구의 역사는 날고 있다

타버린 집터 19

풍선을 부풀린다
모두가 힘껏 고무풍선을

허영과 돈과 명예욕과
한일 우호의 공기까지 집어넣고

날개 돋친 풍선이 하늘을 향해
춤추듯 날아오른다

점점 더 커져 허공으로 치솟는
풍선과 풍선 사이에 끼어
언제 터트려질지 모르는 위기감으로
김빠질 몸을 가눈다
허풍선이 고무풍선처럼 몸을 가눈다

타버린 집터 20

의식은 서서히 이동한다
한곳에 머물지 않고
구름장이 산등성을 넘어가듯
별무리가 흘러가듯
내 아이들이 커가듯
아프가니스탄에서
월드컵 축구로 떠나
사건과 사건의 틈을 누벼
다시 어지럽힐 부엌 싱크대
도마 곁으로 돌아오면
아침저녁 가족을 위해
된장국을 끓인다

타버린 집터 21
—각설이 타령

한쪽 눈은 테이블 위에 올려놓았지
몇 날 며칠 애꾸눈이지
오른팔은 목욕탕에 버려두어
펜을 들어도 글을 쓸 수가 없지
왼편 다리는 요 위에 던져진 채
절름대고 걷는 내게로 돌아오지 않지

핸드백 속에는 지갑이 없고
음식점 앞에서 언제나 머뭇머뭇

열쇠를 빠트리고
남편은 저세상에 있어
집에는 들어갈 수조차 없지

길 위에 흘리고 다니는
이제는 빠트리는 명수
코인로커에는 갓난아이 줄줄
푹푹 찌는 주차장 속 잠근 차 안에는
어린아이 빠트리고
한라산 중턱에 늙은 어미 내버리고

들길에 선 사슴처럼
저녁노을에 넋 잃는다

타버린 집터 22

하늘 위에 높이 떠
땅을 내려다보듯
강 속에 깊이 잠겨
육지를 바라볼 수 있으리

강이 깊은 곳에서
날 부른다
내 영혼을 부른다

내 영혼 의식의
눈길을 잠기게 함으로
공중에 방황한다

이윽고 나는
고목 안 텅 빈 곳에 눌러 살다가
밤하늘을 가로지르는 하늘다람쥐

누리 위에 깨어난다

육지에서 조용히 떠나

육체마저
강 속에 잠겨 들 때
누가 날 건지려 한다면
그땐 발버둥치며 거부하리

제3부
또 다른 병실 풍경

또 다른 병실 풍경 1

스트레치 카에 누워
밀려가면
천정에 눌어붙은
두 줄 형광등 낮게 비추이는
컴컴한 복도

가슴으로 걷는
간호사와 환자들
아주 아주 다르게 뒤바뀌어
세상 떠나 먼 곳에 와 있는 것 같다

            *

이웃나라 길 먼 동네에서
휠체어 밀며
가을이 깊어가는
동경 국립병원 뒤뜰에는
낙엽이 설움으로 쌓여가고

함께한 시간도 가장 긴 한 사람

이별의 긴 강 헤엄쳐
손 흔들고 멀리 멀리 갈 줄이야
정든 채 설마 그렇게
서둘러 길 떠나갈 줄이야

또 다른 병실 풍경 2

온종일 들것에 올려져
하얀 가운의 천사들의
볼품없는 짐짝이 된다

귓속에서 맴도는
현실적인 언어들
주사, 약, 설사, 변기, 열……

알츠하이머에 걸린 듯
무책임한 행복감에
잠시 웃는 병실은
그래도 조용한 안식처

문틈에 새어드는
귀에 익은 목소리는 모두
내 친지가 되고

방문 앞을 지나쳐 버리는
누군가의 발걸음 소리에
아쉽게 귀 기울이며

햇살 따스한
3월 초순 오후에

또 다른 병실 풍경 3

밧줄에 끌려가는
개목걸이 달고
길게 누워
몸 전체를 통나무처럼 굴려 봐도

벽시계에 그려진
아라비아 숫자는 방향이 기웃하다
2가 3으로 보인다

밤 속에 패며
시계바늘 가는 소리
그득한 병실에서

먹여주고 입혀주고 닦아주고 씻어주지 않으면
아무것도 제 손으로 할 수 없어
있는 대로 수용하는
실재가 추상이 되는 그런 자리 있다

또 다른 병실 풍경 4

보조기라는 이름의 지게를 지고
침대에서 내려올 때
수직과 수평이 십자가처럼 다가온다

골고다 언덕에서 예수를
수평으로 누이지 않고
수직으로 세운 것은
일말의 연민이었을까

정조대 자물쇠 차듯
보조기 차고
수평에서 수직을 넘나들며
예루살렘으로 떠나갈
먼 길 차비 한창이다

또 다른 병실 풍경 5

스피츠는 작아도
울안의 염소보다
우월감을 느낄 거야
왜냐고?
두 발로 잠시 서 볼 수 있으니까

또 다른 병실 풍경 6

── 보조기

뼈도 아닌 것이
뼈처럼
일심동체인 양
나를 버티고

목욕하다 젖어서
침대 속에 묶인 날 보고
햇볕에 몸 말리며
헤헤거린다

네가 없으면
내가 없으니
이젠 한 몸
마음까지 합쳐지면
어진 혼 채워 일심동체

또 다른 병실 풍경 7
—개 짖는 소리

오래 오래 병상에 누워 있으면
개 짖는 소리도
그리워진다

동경 내 집에서
언제나 들리던
수캐암캐 할 것 없이
짖어대던

그때는 귀도 막고 코도 막고 입도 막고
개 같은 소리라고 비웃고

그러나 길게 길게
병상에 누워서
개 짖는 소리 들리지 않고
개처럼 사는

또 다른 병실 풍경 8
── 누워서 시 쓰기

시는 앉아서 써야지
누워서 쓰는 게 아니어서

반듯이 누워
변기통에 대소변 받아내듯
누워서 시 쓰기
어설퍼서

누운 채 세수하듯
콧속에 물세례

변비도 되고
가슴 짓눌리는
소화불량

그래도 살기 위해
누워서 시 쓰기에
안간힘 하는

늦은 봄 해 질 무렵

또 다른 병실 풍경 9

등뼈 부러지면
성성한 다리뼈에 감사하고
심장에도 감사하고
발바닥에 감사하고

먼 길 찾아오신 문병객에 감사하고
기꺼이 돌보는 친지에게 감사하고

살벌한 세상에
따뜻한 김 서리는
감사의 노랫소리 울리면
얼음 녹듯 마음 녹아

나는 감사의 넓은 평원에
병든 흰 양 되어 눕는다

또 다른 병실 풍경 10
—어머니의 병실 풍경

깊은 밤
시계 가는 소리

한 바늘 한 바늘
영혼의 초침
스러져가는 소리

차마 끊지 못해
목숨 이어가는

황야에 버려진 듯
세상에서 잊혀진 듯
심장의 고동 소리

깊은 밤
시계 가는

텅 빈 마음
요령처럼 흔들어

그믐밤 자정 무렵

시작 단상 1

여기 머리 풀어 헤친
텅 빈 동네에
채워지지도 못할
공간이에요

기다릴 사람도
기다려 주는 사람도 없이
허전하게 닫혀 있어요

돌을 던져요
창을 깨고 들어와요
파문을 일으켜요
밀려오는 파도를 타요

망가뜨려요
수갑 채운 나를
형편없이 망가뜨려요

얽어 매인 철망을 들추고
구겨버려요
구깃구깃 종이 짝처럼

온몸을 구겨버려요

채울 사랑 없이 굶주린

여기 목메임
울려오는
백지예요

시작 단상 2

컴컴한 뒷방에
주저앉아
누에가 실을 뽑는다

뽕잎 먹고
친 미디 기장의 실을 토한디
낱말을 토한다

흰빛과 누른빛
이불 뒤집어쓴
헝클어진 몰골 되어
잠을 잔다
네 번이나 잠을 잔다

바늘 끝 같은 구멍이 좁아
갉아 먹고 허물 벗고
명주실 뽑아

한 올 한 올 소중히
아프간 소녀의 차도르가 되고

카네기 홀 테너의 넥타이도 되고

누에씨 받아
아프간에 보낸다
뉴욕에도 보낸다

시작 단상 3
—4행 연작시편

음표를 더듬듯
어휘를 뒤져
비밀스레 감추어진 숨소리 따라
음색 다듬어 좇아가면
시는 연탄 되어 나타난다

시작 단상 4

어느 날 꿈속에서 절규한
목소리 타고
캄캄해지는
갑작스러운 정적

암흑 속에서
아랫배가 눌려오고
가슴패기는 소금밭의 참게가 된다

또 얼마큼
빈 시간 흘러
쥐꼬리만 한 평안 얻어질까

시작 단상 5

찬바람 어는
겨울 한밤에
누운 베 마른 걸레
가슴에 뒤쳐 쓰고
문풍 떠는 창호지
갈래길래 해저서

시를 깁는다

깁다 보면 누덕누덕
누더기 되고
깁지 않고 버려두면
구멍 숭숭 뚫려
바람이 차다

대나무 바늘에 외줄기 실을 꿰본다

덧천 대고 손누비로
느긋이 꿰매어 가노라면
숨구멍도 온통 막혀

너절한 넝마가 된다

뜯이하다 버려둔 채
홀로 걷는 인파 속
모두가 짝지어 걸어가는
거리의

덜컥
타고 떠난
수레 등허리에
초승달도 얼어붙고

긴 그림자 붙들어
더딘 발걸음
갈 길 몰라 허정거리며

헤매다
시를 깁는다

시작 단상 6

113

낮잠 자는 토끼는 이미 시대착오

디지털 스톱워치 버튼을 누르면
雷紋처럼 시계바늘 달리고

맷집도 빠져나간
빈총은 허공을 재고

메치고
겯치고
바로치고
곤두서고
또다시
벌치고

달림길에 나서 봐도
거북이 모양
뒤처지기는 매한가지

벗어던진 누군가의

운동화 한 짝 주워 들고
흘러가는 흰 구름 바라보면
초라한 양귀비 무덤 위를
희뿌연 깃발 하나 나부낀다

시작 단상 7

어휘들과 다툼질 하며
목덜미 잡혀
하루 온종일 뒤척이면

동굴 속에 잦아지는
언어의 각질들이
모기떼처럼 엄습해 온다

벌떡 자리 박차고
공을 차자
각질을 벗어 내듯
하늘을 향해 공을 차보자
팽팽히 시어는 햇볕에 부풀리고
혼을 끼우자
첫닭 울음소리도
간주곡으로 넣고
보랏빛 둥그런 비로드 질감에
수도 새기자

발길에 차이면

또다시 만신창이

높이 오르게
주문도 외어 보자

소망하는 마음뿐
잡힌 덜미는
점점
땅속 깊이 기어든다

시작 단상 8

우물을 파서
한 우물만을 파서
청청한 물줄기를
샘솟게 하여
영혼을 적시고
고갈되지 않게

나이 들어갈수록
갈증에 허덕이며
채워도 채워도 채워지지 않는
욕망의 늪 속에 빠져 번뇌하는
내 이웃의 심혼도 찾아가

우물 속에
별자리 은하수도 흘러들게
비춰 들게 귀 기울여
우주 저편에서 울려오는
다소곳한 숨소리 들어 보고

오래오래 잊혀진

사랑도 퍼내어서
쉬어버린 목을 축여
뭉클한 더늠 가락 뽑아 보고
간절한 마음 담아
땀 흘려 매일 매일
우물을 파서

시작 단상 9

머릿속을 맴도는
홑가락 소리들은
나를 붙들어 매고
펑퍼짐한 또 다른 세계로
끌어들인다

외마디 음향 위에
달거리를 풀어서
한군데로 뒤얽혀
공중에서 빙빙 돈다

일본어와 한국어 또 다른 생소한 언어
또한 그것들이 합쳐진
피아노 소리 퉁소 소리
고향 산등성이 노을로 타오르는
제례악 대금 소리

얼마만인가
편안한 위안의 풀밭 위에
몸 던질 안식에 얹혀

길들여진 진양조의 세계도
하늘 위에서
구름처럼 떠돈다

시작 단상 10

웬일인지 토막토막
토막이 나고 있다

책의 홍수에 밀려
이중으로 겹쳐졌던
누가복음의 글말들이
토막이 난다

빌딩도 목이 잘려
산산조각이 나고
팔 다리 머리로
토막 난 시체가
곳곳에 묻힌다

아이들이 뿔뿔이 떠난 가족도
국토도 온 세계도
토막이 나서
오염된 대기 속에
홍수로 지진으로
동강나고 끊어진다

우격 대는 전쟁의 공포로
목소리도 끊어지고
마음도 끊어지고

선율이 사라진 노래에 치어
리듬도 사라진 詩가
토막이 난다

무대 위에서 두들겨 대는
소음의 숲 속에
억양만 놓고 사라진
토막 난 언어의 기력
노래로 이어 보려는
내 적전포복은 만신창이다

시작 단상 11
— 번역편

밤마다 나는 열쇠 꾸러미를 들고 헤맨다

하늘의 별처럼
좁은 통로에 늘어선
촘촘히 셀 수도 없는
가시 철망 친 시의 문을
좀도적 모양 기웃거리며

구멍은 좁아도
숨어 반기는 열쇠가 있어
선뜻 찾아
태초의 비밀로 잠겨진 자물쇠에
은근히 손길 뻗쳐
그것을 열려 하면

이태백이 지나간 나루터에
짙은 방황의 어둠이 깔린다

후기

　언제나 가슴 세포 속으로 흩가락 한가락 흘러들어 온다. 그 가락은 유년 시절 흥얼거리던 동요나 자장가이기도 하다. 혹은 흩가락은 자진가락, 겹가라으로 폭을 넓혀 메시아이거나 말러 오케스트라의 장엄한 4악장처럼 웅장히 뇌 속으로 울려온다. 작곡가가 곡상을 떠올려 음부를 그려가듯 시의 노래를 읊어본다. 가야금을 뜯을 때 오른손 장지에서 느끼던 진양조의 아픔 같은 것이 요즈음 유행하는 록 뮤직의 율동과 엉켜 머릿속은 쑥대밭이 된다. 그러는 가운데 조용한 선율을 집어내면 젖꼭지를 찾아 무는 갓난아이의 입술처럼 끝없이 그 젖줄을 따라간다. 외국에서 살아가는 동안이 젖줄 찾기는 한층 더 필연적이 되어갔다.

　나는 젖줄을 찾아 물고 길을 떠난다. 수십억 년 전 지구가 생성되던 과거의 세계로 혹은 로켓을 발에 걸고 우주로 날아가는 미래의 세계로 옮겨 다닌다. 블랙홀에 빠져도 보고 어망에 걸려 파닥이는 전어의 눈이 되어 도마위에서 떨기도 한다. 세상곳곳에 눈을 두고 방방곡곡을 헤매며 전쟁이 터진 지구의 구석까지 떠나본다. 폭격에 쓸려간 폐허에서 기아와 공포에 떠는 난민들이 있다. 난민만이 난민이 아니고 우리 모두가 난민이 되어 「타버린 집터」 속에 갇힌 절망의 삶을 살아간다. 「타버린 나의 집터」는 남편이 저세상으로 떠난 뒤 남겨진 가족의 암담한 아픔에서 비롯되었다. 폭격을 맞아 타버린 검은 숯 더미같이 을씨년스러운 생활 속에서 전쟁의 깊은 손톱자국으로 곪아가는 지구를 바라본다. 나의 「타버린 집터」의 의식은 조금씩 다른 세계로 이동하게 되었고 이제 내 빈 집터에도 새집을 짓고 희망의 작은 싹을 심어보았다. 꽃이 필는지 열매가 맺을지 알 수 없다. 함께 지켜봐 주시길 바란다.

2003년 초겨울에

李承淳

서정성과 평정(平定)의 세계

김용직(金容稷)

1

우리는 대개 청소년기 한때를 글쓰기로 보낸 체험을 공유한다. 그들이 성장해서 시인이 된다. 그런 사람들에게 나는 일단 피붙이 같은 정이 느껴지는 것이다. 이와 아울러 여류 시인 이승순(李承淳)에게는 또 하나의 동류 의식이 곁들여진다. 내가 이 여류 시인과 첫 인사를 나눈 것은 지금 고인이 된 윤학준(尹學準) 형의 출판기념회 자리에서였다. 그 자리에서 나는 계간지에 실린 이승순 시인의 시를 보게 되었는데 그 순편한 목소리가 인상적이었다. 나는 외벽스러운 말들보다 순편한 말을 좋아하는 것이다.

그 후 내 시야에 이 여류 시인이 크게 확대되어 나타난 것이 정지용 시인의 기념 사업을 통해서였다. 그 전년도에 정지용의 탄신 100주년을 기념하는 여러 행사가 있었다. 그

자리에 두어 번 나갔다가 어떤 경로를 통해 일본 쪽과 연계된 기념 사업 이야기가 나왔다. 처음 이야기는 정지용의 유학지인 교토(京都)에 시비(詩碑)를 세우자는 것이 중심이었다. 그와 아울러 번역 시집을 만들고 나아가 도쿄(東京)에서 시낭독, 기념 강연회를 연다는 이야기가 되었다. 그런 말들에 별 계산도 없이 내가 찬성하고 정지용 기념 사업에 참여한 것이 화근이 되었다.

막상 일을 시작해 놓고 보니 번역 원고를 깐깐하게 검토할 사람이 문제였다. 그 위에 번역 지원을 한 쪽에서는 현지 출판사를 물색해서 출판하라는 단서도 붙였다. 기념비 건립은 두어 마디 말을 건네보니 교토 시에서 그런 땅을 마련해 준 예가 없음을 알았다. 그래 그 일은 아예 접어 두기로 했다. 하지만 또 하나의 난관이 문학 행사에 일본측 협조 단체와 문인들을 참여시키는 일이었다. 뿐만 아니라 어느 정도 일이 진행되어 가자 기념 사업을 하기로 한 구성원 사이에도 말썽이 일어나게 되었다. 어느 단계에서 우리가 기획한 정지용 기념 사업이 뒤엉킨 실타래 꼴이 되어버린 것이다. 이때 우리가 도움을 얻게 된 것이 이승순 시인이다. 답답한 나머지 윤학준 형에게 도움을 요청했다가 적임자로 추천받은 것이 그였다. 처음에 나는 기대 반 주저 반의 마음이었다. 일본에서 근 반세기를 산 그가 어려운 일을 (그때 그는 이미 병이 무거웠다.) 이 여류 시인에게 전가시켜 버렸다. 상당히 활동적인 남성도 감당하기가 어려운 일을 섬약한 이 여류 시인이 제대로 해줄 수 있을까 하는 생각에서였다. 그런데 일단 이야기가 오고가게 되자 그런 내 걱정은 완전히 기우로 돌아갔다.

이승순 시인은 상당히 좋은 조건으로 그것도 일본의 일류 출판사에서 정지용 번역 시집을 낼 수 있도록 만들었다. 뿐만 아니라 그가 관계하고 있는 문학 단체에 이야기해서 몇 사람의 숙박비까지를 그쪽이 부담하는 선에서 추모 문학의 밤도 열 수 있게 되었다. 그리하여 예정된 시일에 번역 시집이 나왔고 한·일 양국 문인들이 다수 참석한 가운데 성황리에 기념 행사도 마칠 수 있었다. 여류 시인 이승순은 필요한 때에 이렇게 비상한 능력을 발휘하는 그런 분이다.

2

우리 주변의 시인들은 크게 두 유형으로 구분할 수 있다. 그 하나는 자신이 품은 정감을 직접적으로 토로하는 시인이다. 이들을 우리는 주정적(主情的) 시인이라고 한다. 이에 반해서 어떤 유형의 시인들은 객체를 이용해서 자신의 생각을 제시한다. 이들을 우리는 주지적(主知的)인 시인이라고 한다. 이승순 시인은 시에는 후자의 단면보다 전자에 가늠되는 속성이 좀 더 강하게 드러난다. 그의 많은 작품은 그 화자가 '나'이다. 그리고 그 '나'는 바로 이승순 시인 자신인데 그의 작품은 그 '나'의 심경을 토로한 형태가 되어 있다. 그러나 어떤 작품들에서 이 시인은 그와 다른 목소리를 갖는다. 「벽 속에 갇힌 오소리」는 이런 경우의 좋은 보기가 되는 작품이다. 이 시의 주인공 격인 오소리는 본래 자연인 숲 속에서 살아야 할 짐승이다. 그런데 일이 잘못되어 콘크리트와 철창으로 둘러싸인 사람의 집에 갇히게 된다. 궁지에 몰린 오소리의 모습을 이승순 시인은 다음과 같이 노래했다.

플라스틱은 싫어
밝음도 싫어

콧잔등에
T자형 하얀 털로

섬세한 선을 그린
암갈색 짙은 눈이
빤히 나를 쳐다본다

그러나
다시 밤이 되면
벽을 깨어 보자고
짧은 다리로 허적거릴 게다

숲 속 땅굴이 그리워
굵은 발톱은
생명을 걸고
날 다시 잠 못 이루게 할
투명한 눈빛으로

여기서 우리가 주의해야 할 것이 끝에서 둘째 줄 부분이
다. 시인은 분명히 오소리가 아니며 방에 갇혀서 탈출을 시
도하는 것은 한 짐승이다. 그런데 그 짐승의 눈동자가 왜
시인 자신을 잠들지 못하게 만드는가. 이것은 사람과 짐승
이라는 차이를 넘어 한계 상황을 느끼는 점에서 시인과 오

소리가 일체화되었음을 뜻한다. 그리하여 이 시는 오소리를 상관물로 한 시인 자신의 노래다. 이처럼 이승순의 거의 모든 시가 나의 심경을 토로한 작품이다.

3

　이승순 시인의 많은 작품들은 스스로에 대한 눈길을 담고 있다. 이것을 우리는 향내성(向內性)이라고 할 수 있을 것이다. 그런데 그의 향내성은 상당히 많은 작품에서 고통의 감각을 곁들인 것으로 나타난다. 「시작 단상1」은 "채울 사랑 없이 굶주린 // 여기 목메임 / 울려오는 / 백지예요"로 끝난다. 「얼음 속에 갇힌 초상화」에는 화자의 내면 세계가 "허공에서 떠도는 / 참새 떼는 / 벌벌 기는 작은 벌레들의 / 넋마저도 쪼아대고"로 노래되어 있다. 이런 고통의 감각은 때로 밖을 향해 토로되는 울분을 담게 된다.

오래 오래 명상에 누워 있으면
개 짖는 소리도
그리워진다

동경 내 집에서
언제나 들리던
수캐암캐 할 것 없이
짖어대던

그때는 귀도 막고 코도 막고 눈도 입도 막고
개 같은 소리라고 비웃던

그러나 길게 길게
병상에 누워서
개 짖는 소리 들리지 않고
개처럼 사는

　일상생활 가운데 섞여드는 욕 가운데 가장 심한 것이 개
같은 자식이며 개보다 못한 사람이다. 누구가 우리에게 그
런 욕을 던지는 경우 우리는 치를 떨게 된다. 그렇게 심한
욕을 시인은 바로 그 자신을 향해 했다. 이것을 우리는 일
단 정신장애 현상의 하나가 아닌가 생각해 볼 수 있다. 본
래 정신질환 증상은 이성이 제대로 작동하는 차원에서는 나
타나지 않는다. 그런데 이 작품은 그 문맥으로 보아 잠재의

식의 영역이 아닌 의식의 단계에서 쓴 것이다. 그렇다면 이
것은 적어도 자아가 제대로 깨어 있는 상태에서 이루어진
시로 정신질환이 이야기될 여지가 없다.

다음 이 경우에 또 하나 문제 되어야 할 것이 시인의 인
간성이다. 어떤 유형의 인간 가운데는 외부에서 받는 충격,
울분이나 좌절감을 욕설이나 폭언으로 해소시키는 예가 있
다. 대개 그들은 충동적이며 외향형에 속한다. 말과 행동이
거칠기 그지없다. 그런데 여류 시인인 이승순은 그와 사뭇
다른 인간성의 소유자로 생각된다. 그는 부드러운 말에 조
용하게 행동을 하는 사람이다. 상당히 감정이 격앙될 국면
에 처해서도 직설적으로 상대방을 비방하는 것을 본 적이
없다. 그러니까 그가 위에 쓴 욕설은 다른 시각으로 해석해
볼 길밖에 없다.

이 대목에서 얼핏 머리에 떠오르는 것이 서방 세계에서
전해 온 동화의 하나다. 이야기의 주인공은 한 이발사였고
그는 궁궐에 들어가 임금의 머리를 깎게 되었다. 그런데 그
가 이발을 하고자 했을 때 그 앞에는 참으로 놀라운 광경이
벌어졌다. 임금의 귀가 당나귀의 것처럼 길고 볼품없는 털
로 덮여 있었다. 그가 이발을 마치자 왕실의 비밀을 지키기
위해 그의 목숨은 없어지게 되었다. 이 절대절명의 위기에

이발사는 정성을 다해 목숨을 살려달라고 왕에게 읍소했다.
그러자 절대 비밀을 말하지 않을 것을 조건으로 그는 목숨
을 건졌다. 다음의 이야기는 우리가 잘 알고 있는 바와 같
다. 가슴에 엄청난 비밀을 간직한 채 그것을 풀어버릴 길이
없는 이발사는 무거운 병에 걸렸다. 그리고 어느 노인의 가
르침에 따라 그의 가슴에 담은 이야기를 사람이 아닌 나무
밑둥걸에 토로했다. 그러자 그의 병이 씻은 듯 나았다는 것
이다. 이승순의 한 작품을 읽으면서 이 이야기를 이끌어들
인 까닭은 별 것이 아니다. 이미 살핀 바와 같이 이승순의
시에 쓰인 말도 동화 속에 나오는 이발사의 그것과 꼭 같은
성격의 것이다. 향외적(向外的)이 아니라 향내적(向內的)인
점이 그렇고 그런 가운데 남에게 손쉽게 털어보일 수 없는
응어리가 있는 듯 보이는 점이 그렇다. 이승순 시인은 일찍
음악을 전공하기 위해 현해탄을 넘었다. 그런데 그 앞에 이
발사가 겪은 것과 꼭 같은 불의의 사고가 몰아닥쳤다. 두
아이의 아버지며 시인에게 든든한 성곽 구실을 한 부군이
타계해 버린 것이다. 이승순 시인이 그로부터 받은 충격과
고통의 그림자는 그의 여러 작품에 자주 등장한다. 이렇게
보면 이 시인의 한 작품에 나타나는 당돌한 말들은 그 비밀
이 스스로 드러난다. 그것으로 이 시인은 극도로 긴장된 그

의 의식, 내면 세계를 해소시키려 한 것이다. 다시 말하면 그것은 이 시인의 정신적 갈등을 치유하기 위한 주술적 발언이었다.

4

이승순 시에서 또 하나 주목되어야 할 것이 그 정서가 지닌 온건성이며 구조가 빚어내는 타당성이다. 지금 우리가 살고 있는 시대에서 시란 9할 이상이 서정시를 가리킨다. 서정시란 그 본질을 개인의 감정에 두는 양식이다. 이때 경계해야 할 것이 시가 넋두리에 떨어질 수 있는 위험성이다. 개인이 그때 그때 느끼는 감정은 그 자신에게 매우 간절하게 생각되는 법이다. 그것을 평면적으로 뇌이는 경우 그 시는 사적인 푸념이 될 수밖에 없다.

이런 차원에서 시를 구제하는 길은 시인이 기법을 터득하는 것으로 가능하다. 현대시는 그 가장 중요한 기법의 하나를 이질적인 것의 폭력적 결합에 둔다. 구체적으로 봄에 진달래 꽃을 대비시킨다든가 강에 갈매기를 이끌어 들이는 경우가 생각될 수 있다. 이때 주지(主旨)와 매체(媒體) 사이의 이질성은 그 정도가 크지 못하다. 그러나 산에 악어 떼가 득실거리고 바다가 들장미로 뒤덮인다면 사정은 달라진다. 이런 관계 설정을 우리는 제법 쓸 만한 상상력의 발동이라고 한다. 그리고 그런 시에 대해 전위적, 또는 실험적이라는 이름을 허용하는 것이다.

지난 20세기 막바지에 우리 주변의 시들은 유난히도 많은 시적인 실험을 했다. DADA와 표현파, 입체파에서 시작하여 초현실주의 운동들이 모두 그랬다. 이 가운데서도 현대시 운동으로 가장 유의성이 큰 것이 초현실주의의 경우다. 새삼스레 밝힐 것도 없이 이 유파는 시를 무의식의 영역으로 돌렸다. 자동기술법의 원칙이 여기서 정립된 것이다. 그런데 이 실험에는 반드시 단서가 붙게 되었다. 그것이 엉뚱한 두 개 문장을 한 문맥에 접합시킨 일이다. "아프리카에는 호수가 있다.", "그 빛깔은 감청색이었다." 이런 두 개 문장을 초현실파는 배제하고 인정하지 않았다. 그들은 다음 자리에 "하루살이는 아침에 태어나 저녁에 죽는다."를 쓸 것이라고 주장했다. 이것이 이질적인 것의 폭력적 결합이다. 그리하여 그 실험적 의의가 인정된 셈이다.

그런데 대륙 쪽의 전위적 시도를 대표하는 초현실주의 시에는 하나의 결극이 있다. 그들은 되풀이 파괴하고 헤체했다. 나머지 그들의 시에는 조화와 그를 통해 빚어지는 평정(平定)의 차원이 형성되지 못했다. 그에 비해서 중국의 고전시와 영미계의 모더니즘 시 가운데는 그렇지 않은 것이 있다. 가령 두보(杜甫)의 시 가운데는 일개 인간인 이백(李白)을 봄철에 피어나는 나무, 또는 해거름에 나타난 구름으로 전이시킨 것이 있다. (春日憶李白) 그런데 이런 구절 앞과 뒤에는 이백의 탁월한 글 재주와 표표한 인간을 말한 "白也詩無敵 / 飄然思不群(이태백의 시를 당할 이 없으니 / 생각은 표표해서 무리를 벗어났다)"의 구가 붙어 있는 것이다. 이것을 우리는 예술에서 요구되는 최저한의 의장이라고 정의한다. 이때의 의장을 통해서 우리는 좋은 예술과 시가 지니는 바 마음의 평정과 조화의 감정을 얻을 수 있다. 이승순 시인의 작품 가운데도 이에 비견될 만한 것이 있다.

  무인도 모래톱 위에
  쓰러져 가는 싸리나무 울타리

  배달의 동해 바다
  일본해로 표기되었다고
  갈비뼈 같은 몸

등 돌리고

버틴다
버티고 있다

남원 한 고을이 깨어져도
눈 곧추세우고
움쩍하지 않는
춘향이 마음으로

──「타버린 집터14」 중에서

　　본래 싸리나무 울타리는 자연의 일부인 잡목으로 만든 것
이다. 그것이 역사의식을 가지는 인격적 실체로 전이된 것
이 이 작품이다. 비유의 주지와 매체 사이에는 상당한 이질
성이 내포되어 있다. 그럼에도 이 시는 양자를 결합시키는
데 필요한 절차로 무인도 모래톱 앞에 바다를 놓았다. 그리
고 마지막 연에서는 역리에 맞선 인격적 상징으로 춘향(春
香)이를 내세웠다. 그를 통해 해체시나 포스트모더니즘을
표방하는 시인의 것과 크게 다른 조화와 안정의 정서를 우
리가 누릴 수 있다. 이런 장점은 앞으로 이승순 시인 개인

을 위해서뿐만 아니라 한국 시단 전체를 위해서도 크게 확
충, 신장되어야 할 것이다. 이 여류의 앞길이 순탄하고 보
람에 차기를 빈다.

이승순

서울대학교 음악대학 기악과를 졸업하고 일본 무사시노 음악대학을 졸업했다.
시집 『나그네 슬픈 가락』, 『어깨에 힘을 풀어요』, 『나는 더 이상 기다리지 않아요』가
있다. 일본에서도 시집 『過ぎた月日を脱ぎ棄て』, 『耳をすまして聞いてみて』를 출
간했고 한국 작곡가들이 이승순의 시에 곡을 붙인 한국현대가곡 연주회 CD 「詩
人—李承淳との出會い」가 있다. 일본시인클럽 회원이다. 이번 시집 『얼음 속에 갇
힌 초상화(氷に閉ざされた肖像畵)』는 한국과 일본에서 동시 출간하였다.

얼음 속에 갇힌 초상화

1판 1쇄 찍음 2003년 12월 18일
1판 1쇄 펴냄 2003년 12월 23일

지은이 이승순
펴낸이 박맹호
펴낸곳 (주)민음사

출판등록 1966. 5. 19. (제 16-490호)
서울 강남구 신사동 506번지 강남출판문화센터 5층 (135-887)
대표전화 515-2000 / 팩시밀리 515-2007
www.minumsa.com

값 6,000원

ISBN 89-374-0720-5 03810